L'Indien d'à côté

Conforme à la loi n° 49956 du 16 juillet 1949 sur les publications destinées à la jeunesse
ISBN : 2.09275059-3 — N° d'impression : L80426 B
N° projet : 10074292 - (I) - 7 - CSBTS - 170° - mai 2000

Nadine Brun-Cosme

L'Indien d'à côté

Illustrations d'Isabel Pin

NATHAN

un

La clairière

– MARC ! Il pleut ! Mets ton manteau !

Trop tard ! Marc a déjà franchi le mur et gagné le jardin d'à côté. Haussant les épaules, sa mère referme la fenêtre. Elle sait qu'elle ne le reverra qu'au repas de midi.

Marc se glisse sous les buissons. Là-dedans, lui seul sait avancer. Tous ses mercredis, il les passe ici : dans son jardin-colère. Parce qu'il y est venu pour la première fois un jour de grande colère, si grande que dans sa tête, tout s'emmêlait aussi fort que les broussailles !... Depuis, ce jardin, c'est son jardin-colère !

Bientôt le fouillis s'éclaircit et Marc entre dans sa clairière. C'est un petit endroit aussi rond qu'un soleil, qu'il garde intact en arrachant les herbes. Son petit coin à lui.

Aujourd'hui il s'allonge, écoute la pluie. C'est bien le seul endroit où il peut la sentir tomber sur son visage sans qu'aucune voix lui dise de se couvrir ou de rentrer. Longtemps, il laisse l'eau inonder ses joues. Puis il fonce vers les arbres. Là, les Indiens l'attendent.

Toute la matinée il les poursuit. De temps en temps, il regarde vers le pan de mur et la fenêtre qu'il aperçoit entre les arbres. Qui sait encore qu'au milieu des buissons, il y a une maison ? Depuis que Marc habite à côté, personne n'y est jamais venu.

À midi tapant, il entend :

– À table !

Il revient vers son jardin en jouant à éviter les flaques et, sitôt le repas avalé, disparaît de nouveau. Les Indiens aussi ont fini de manger. Déjà, dans les arbres, ils le guettent...

deux

L'Indien d'à côté

– TU SAIS, dit papa au repas, bientôt, à côté, il y aura d'autres gens... Tu ne pourras plus y aller comme ça...

Devant le regard de Marc, c'est papa qui baisse le nez dans son assiette.

– Peut-être qu'il y aura des enfants... risque-t-il encore.

DES ENFANTS ! DES ENFANTS DANS SON JARDIN ! Ça c'est le comble ! Marc quitte la table et s'enfuit dans son jardin-colère plus colère que jamais.

Dans la nuit, on dirait que les branches sont encore plus tordues. À leur vue, Marc se calme. Elles, au moins, le comprennent.

Aujourd'hui, de sa clairière, Marc jette un œil vers le bout de mur... S'arrête net ! Quelque chose a changé : à la fenêtre, il y a à présent un rideau !

Tout le jour, tapi au pied d'un arbre, Marc observe la maison, prêt à se défendre. Quand le soir tombe, il n'a toujours rien vu. Pourtant, parfois, il sent des yeux posés sur lui.

– Ton Indien est plus fort que toi, dit sa mère quand il raconte.

Marc ne dit rien. Il hausse les épaules.

Enfin, un jour de soleil, Marc trouve la fenêtre ouverte. C'est la première fois. Il observe à nouveau tout le jour.

Au milieu de l'après-midi, il est récompensé : un balai passe par la fenêtre et disparaît de nouveau à l'intérieur.

– Un balai ? C'est tout ? dit papa le soir.

Marc boude, vexé.

trois

Le pull bleu

CE JOUR-LÀ, dès qu'il arrive à la clairière, Marc ralentit : au centre, il y a un petit tas bleu. C'est un petit tas de laine, un pull-over. Marc n'avance pas. Tout le jour, assis au bord de la clairière, il attend. Le soir tombe sans que personne vienne rechercher le pull.

La nuit suivante, Marc dort mal. Il rêve que les Indiens ont envahi sa clairière. Dans son rêve, tous les Indiens portent des pulls bleus.

Trois jours plus tard, le pull est toujours là, au même endroit. Ça l'ennuie, Marc, ce pull immobile dans sa clairière. Il s'approche pour le prendre, le poser plus loin... Alors, il voit quelque chose dessus... Une plume ! Et pas n'importe quelle plume ! Pas une plume de pigeon ! Une grande plume rouge et vert ! Une vraie plume d'Indien ! Il jette un coup d'œil à la fenêtre... Une mèche brune virevolte et disparaît !...

– Il était là ! Il m'observait !

– Qui ça ?

– L'Indien ! Je te jure, c'était bien un Indien ! Je l'ai vu !...

– Enfin, sa mèche !

– Ben oui, sa mèche ! Et la plume alors ?

Papa regarde la plume dans les mains de son fils.

– Au fait, il faudra que tu la rapportes !

La rapporter ? À condition qu'il se montre ! pense Marc avant de s'endormir.

Dès le lendemain, Marc retourne à la clairière. Le pull est toujours là. Les feuilles commencent à le recouvrir.

À pas prudents, Marc s'en approche, le secoue. Quelque chose en tombe. Marc pense d'abord à une autre plume, tant la chute est douce.

C'est un ruban ; un ruban rouge ; pour attacher les cheveux. Marc le ramasse entre deux doigts. Dessus, il trouve un cheveu noir.

L'Indien aurait-il dormi là ?

quatre

La nuit blanche

Ce soir-là, sitôt le repas fini, Marc commence à bâiller.

– Eh bien, Marc, lui lance son père, levant le nez de son assiette, il est peut-être temps d'aller au lit !

Marc saute sur l'occasion, dit bonsoir, monte l'escalier d'un pas lourd...

Quelques minutes plus tard, il redescend sans bruit et se glisse dehors à pas de loup. Dans sa main, il tient la plume et le ruban.

Dehors, la lune éclaire la broussaille. Jamais il n'est venu ici la nuit. Les bruits qu'il entend l'effraient un peu. Il attend, s'habitue, reconnaît le chemin. Alors, il se remet à avancer.

Près de sa clairière il ralentit, espérant sans trop y croire surprendre l'Indien endormi. Il n'y a rien ; juste le petit pull en tas. Là-bas, la maison est sombre. Il s'installe, bien décidé à veiller toute la nuit.

C'est un petit grattement sur sa joue qui l'éveille. Il chasse l'insecte, se dresse, se rappelle soudain qu'il est dehors... comprend enfin qu'il s'est endormi ! Surtout, il comprend que quelqu'un est venu : le pull le recouvre comme une couverture et, dans sa main, il n'y a plus rien : ni plume ni ruban rouge. C'est lui qui s'est fait surprendre !

De colère, il emporte le pull et rentre chez lui, espérant que personne n'a remarqué son absence.

– Tiens ! dit maman sans lever les yeux de son bol, ça ne te dirait pas, Marc, une colo, l'été prochain ? Il paraît qu'on apprend à dormir à la belle étoile !

LAURA

cinq

Le cadeau

TOUTE LA SEMAINE, Marc a gardé le pull au fond de son armoire. Même, une fois, il l'a essayé. Et c'est juste sa taille !

Alors, une idée lui est venue : pour faire venir un Indien, sûrement, il faut lui offrir quelque chose. Mais quoi ? Une plume ? Il en a déjà plein ! Une pipe ? Son père ne fume pas ! Jour après jour, il fait le tour des objets de sa chambre.

D'abord, ses yeux tombent sur ses livres et, relisant les titres un à un, il se dit :

« Et pourquoi pas un livre ? »

Il abandonne vite cette idée : dans les films, les Indiens ne lisent pas ! Ils chassent, ils pêchent, ils montent à cheval. Et Marc n'a ni fusil, ni canne à pêche, ni cheval à offrir !

Sans se décourager, il ouvre les tiroirs de son bureau, son armoire, fouille. Derrière les manteaux de la penderie, il trouve de grandes boîtes en carton où sa mère a rangé de vieilles choses. Il en pose une sur son lit, l'ouvre, et d'abord il en sort un petit pantalon rouge. Son cœur bat plus fort : c'est un pantalon de quand il était tout petit ! Il en tire ensuite d'autres vêtements anciens, et chaque fois son cœur bat, de se rappeler avoir été si petit autrefois. Mais que ce soient le pantalon rouge, les pulls ou même le bavoir à tête d'ours, il ne voit vraiment rien qui convienne à un Indien.

Il range la boîte, va refermer l'armoire quand ses yeux tombent sur une boîte plus petite, enfouie tout au fond. Il l'ouvre et ses doigts tremblent : dedans, ce sont ses jouets d'autrefois ; les plus beaux, ceux qu'il avait voulu garder à tout prix !

Il reconnaît son petit ours bleu. Mathias. Il retrouve son nom en même temps qu'il le prend dans ses bras, et ça lui fait si drôle de retrouver ce doux dans ses paumes ! Doux... comme la plume d'Indien ! Et il se dit :

« Peut-être que c'est ça, le cadeau pour l'Indien ! »

Aussitôt, son cœur se serre à l'idée de se séparer de Mathias à peine retrouvé !

Dans le fond de la boîte, il voit des petits cailloux. Il en prend un, le roule dans sa paume, et soudain se souvient.

– Et de un ! avait crié grand-mère au bord du torrent, lui jetant le caillou dans la main.

– Et de deux !

Le second était aussi blanc, aussi lisse. Et quand elle avait crié : « Et de trois ! », il avait failli tout lâcher.

– Enfin ! Je les ai retrouvés ! jubilait grand-mère sur le chemin du retour.

Et Marc, roulant les trois cailloux entre ses paumes, avait dit :

– Retrouvés ?

– Mais oui ! Retrouvés ! Tu les as reconnus, quand même !

Marc avait fait silence.

– Eh bien ! avait hurlé grand-mère en partant d'un grand rire. Tu es bien

le premier à ne pas reconnaître les cailloux du Petit Poucet ! Je savais bien, qu'ils étaient tombés là !

Et grand-mère avait raconté comment, après avoir guidé ses frères, le Petit Poucet était allé jouer là-bas, tiens, juste au bord du torrent, et qu'il les avait fait tomber !

– Remarque bien, il ne l'a pas fait exprès ! Mais ensuite, pour les retrouver !... poursuivait grand-mère. Ah ! les cailloux du Petit Poucet !

Disant cela, elle avait posé un regard très doux sur les trois cailloux blancs. Et c'est à cause de ce regard, que Marc les avait aimés.

À la fin des vacances, au moment de la bise, grand-mère les lui avait offerts en disant :

– Tiens ! Les trois cailloux pour trouver le chemin !

Ça avait été les dernières vacances chez grand-mère.

Les cailloux sont là, de nouveau, dans le creux de sa paume. Marc sait qu'il tient enfin son cadeau pour l'Indien.

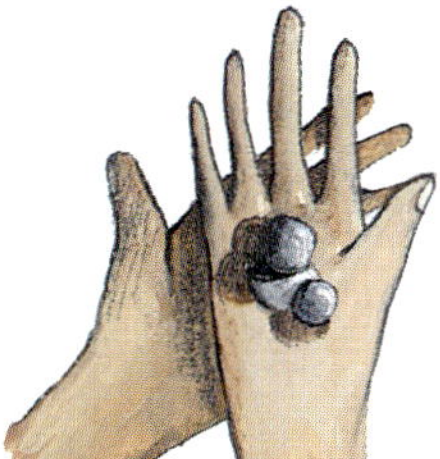

six

Le chemin

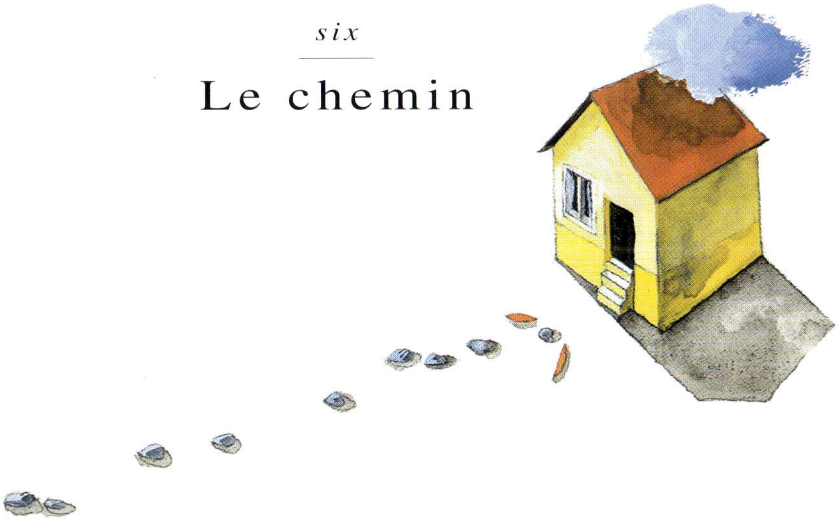

Ce mercredi matin, Marc avance avec précaution. Parvenu au centre de sa clairière, il pose le pull, et dessus, comme dans un nid, les trois cailloux. Il pense :

« Les Indiens connaissent-ils l'histoire du Petit Poucet ? »

Sans attendre, il s'en va.

Quand il revient, quelque chose a changé. Ça le rassure infiniment.

L'Indien est venu. Les trois cailloux ont quitté leur nid de laine. Ils sont six à présent, posés en ligne au sol, comme un début de chemin vers la maison. Marc les suit des yeux, regarde la maison, a envie d'avancer, fait trois pas, n'ose plus, s'enfuit.

Rebroussant chemin, il sent des yeux sur lui.

– Tu es tout pâle ! Tu as vu un fantôme ? demande maman.

– Juste un Indien, sans doute ! ajoute papa.

Marc quitte le salon et claque la porte. Ses parents se regardent en silence.

Le lendemain soir, les cailloux sont douze. Ils ont encore avancé vers la porte.

Marc a peur. Il regarde vers la maison et s'en retourne à regret.

Le lendemain, il y en a seize. Six de plus, et ils atteindront la maison. Tout à coup le jeu va trop vite ! Alors, sans réfléchir, Marc prend trois des cailloux et les emporte.

Quand il revient, il y en a seize à nouveau. Pas plus. Mais au bout, deux plumes rouges forment la pointe d'une flèche tournée vers la maison. Marc avance, les caresse du bout du doigt. C'est aussi doux que les cailloux à l'instant où grand-mère les a donnés. Alors, il sort de sa poche les trois cailloux repris, et prolonge la flèche vers la maison.

sept

L'Indien

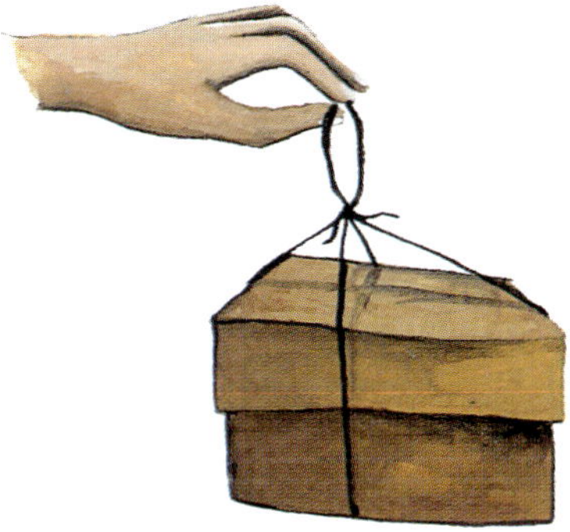

PENDANT HUIT JOURS, Marc reste chez lui. Dans la boîte en carton, il a retrouvé la voiture bleue que son père lui avait offerte à la chute de sa première dent de lait.

« La petite souris ! » lui avait-on dit. Lui, dans le noir, avait reconnu le pas feutré des chaussons de son père.

Il a retrouvé aussi le dessin que lui avait fait Laura, juste avant de déménager. C'était en juin, et tout l'été elle lui avait manqué...

Le mercredi suivant, il sait que le jour de la rencontre est enfin là. Tôt le matin, devant la boîte ouverte, il hésite sur ce qu'il doit prendre. Mathias ? La petite voiture bleue ? Le dessin de Laura ?

Finalement, il remet tout dans la boîte et l'emporte.

Le dernier caillou touche la porte. Marc attend et son cœur tremble. Quand la porte s'ouvre, il manque s'enfuir.

D'abord, il voit la mèche brune, attend l'arc, les flèches... Elle avance. Il reste interdit. Elle porte bien le ruban rouge dans ses cheveux, le pull bleu... Mais elle, qui avance, n'est pas un Indien. Pas une Indienne, non plus. Elle, c'est une petite fille. Simplement une petite fille. Marc la regarde venir. Il sent qu'il pourrait être déçu. Il sent que ça peut être bien, aussi, une petite fille. Autrement.

Plus doux peut-être... Quand elle est tout près, il voit que ses yeux bleus sont remplis de paillettes. Il murmure :

– Et l'Indien ?

– Quel Indien ?

– Mais... les plumes ?

– Les plumes ? C'est mon perroquet qui les perd. Tu sais, dans la maison, j'ai un très beau perroquet... Et ça, c'est quoi ?

Elle montre la boîte dans les mains de Marc. Il hésite, et soulève le couvercle...

LAURA

TOUT LE MATIN, assis dans la clairière au début du chemin de cailloux, ils ont regardé un à un les trésors de Marc. Et Marc a raconté pour la première fois les cailloux retrouvés du Petit Poucet.

– Géniale, ta grand-mère ! a dit la petite fille.

Elle a voulu tenir l'ours Mathias, puis elle a fait rouler la petite voiture bleue jusqu'à la porte de la maison.

C'était midi. Oubliant de s'en aller, Marc a posé sur le seuil sa boîte à souvenirs, et, suivant la petite fille, il est entré dans la maison.

Table des matières

Nadine Brun-Cosme

Chaque texte est un petit tas de cailloux que l'on déploie, mot à mot, en ne sachant où il mène. D'abord, on reste debout, immobile, à l'entrée du chemin. On dépose un caillou, un autre, on les retire, on recommence. C'est mieux. Ça donne envie d'aller plus loin, jusqu'au bout.
Voilà. À la fin, sans s'être bien rendu compte, on a fait tout le chemin qui mène à la maison. Il n'y a pas de maison. Il n'y a que le chemin de mots. Chaque fois qu'il est lu, il se remet en mouvement, et nous dessus, nous y marchons ensemble.

Isabel Pin

Isabel Pin est née à Versailles le 9 janvier 1975 d'une maman allemande et d'un papa français. Elle a passé son enfance en Espagne, puis à Paris. Quand elle était petite, elle voulait voyager, voyager et voyager, mais comme ce n'est pas un vrai métier, elle a étudié l'illustration à Strasbourg. Isabel vit actuellement à Hambourg, au nord de l'Allemagne, avec son amoureux et son petit garçon. Elle dessine et s'invente des paysages, des personnages et des tas de voyages…

Dans la même collection

Michel Amelin
Le fils du pirate

Le masque d'or
et de sang

Clair Arthur
Parfum de sorcière

Miss Monde
des sorcières

Cendre,
la jument rebelle

Mama Délire,
sorcière d'Afrique

Marie Bataille
Mademoiselle
Princesse Culotte

Hubert Ben Kemoun
Un monstre
dans la peau

Le soir
du grand match

Méfiez-vous
de l'an 2000 !

Robert Boudet
L'extraordinaire
aventure de M. Potiron

Évelyne Brisou-Pellen
Le jongleur

le plus maladroit

Le philtre d'amour

Qu'est-ce que tu as,
la mouche ?

Nadine Brun-Cosme
La fenêtre de neige

L'indien d'à côté

Yves-Marie Clément
Roy et le koubilichi

Jean-Loup Craipeau
Le kangourou
d'Ooz

Ma victoire
sur Cauchemar

Claire Derouin
Leslie Craspouette

Elsa Devernois
Un amour de maîtresse

La boutique des rêves

Mon papa, c'est moi !

Dans la même collection

Philippe Dorin

Les trésors du petit matin

Pascal Garnier

Dico dingo

Zoé zappe

Mauvais reflet

Christian Grenier

Le château des enfants gris

Parfaite petite poupée

Thierry Lenain

L'amour hérisson

Trouillard !

Loin des yeux, près du cœur

Un jour, j'arrêterai la guerre.

Jean-Marc Ligny

Le clochard Céleste

Gérard Moncomble

Prisonnière du tableau !

Yves Pinguilly

Hubert le loup

Michel Piquemal

L'appel du Miaou-Miaou

Benjamin et son papa géant

La mer a disparu

Yak Rivais

Le génie de la valise

Éric Sanvoisin

Le buveur d'encre

Une paille pour deux

Le nain et la petite crevette

Les guerriers verts

Natalie Zimmermann

Un ange passe

Yeux de vipère

tagada tagada

Achevé d'imprimer par Pollina, 85400 Luçon
N° d'impression : L 80426